オトーさんという男

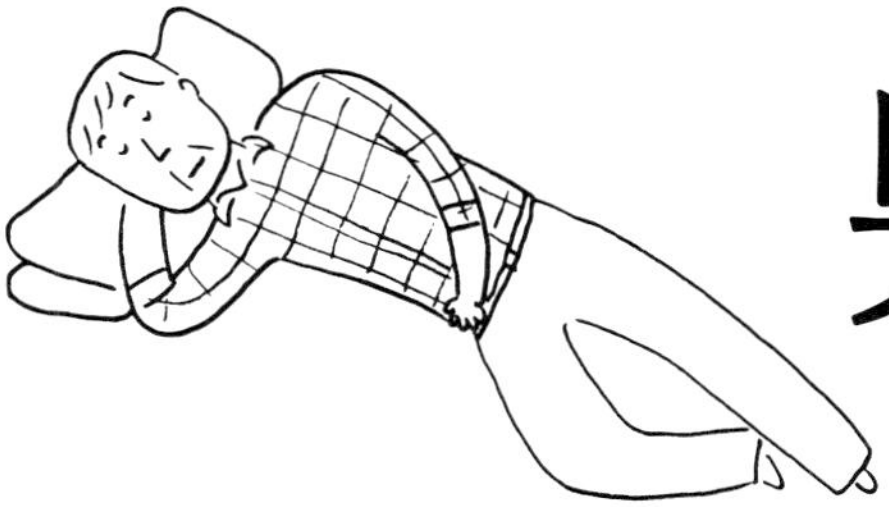

益田ミリ

光文社

まえがき

オトーさんは、わかりやすくて、わかりにくい。
身近なはずなのに、とてつもなく離れている気もする。
娘に、素直に接することができず、見ていて気の毒なこともある。
好かれたい気持ちが空回り。
愛情の表現が、ときに、ズレている。
オトーさんは、わかりやすくて、わかりにくい。
そして、ちょっと面倒くさい。

だけど、自分のからだの半分は、オトーさんである男の血でできているのだった。考えてみれば、なんとも、不思議なことである。
オトーさんって、一体、どういう存在なのだろう?

益田ミリ

ときどき
なんとなく
うたっている
オトーさん

目次

ブックデザイン　坂川栄治＋坂川朱音（坂川事務所）

オトーさんという男

他人の靴

母が怒っていた。

なにを怒っているのかというと、父が他人の靴を履いて帰ってくるからである。

いつもスニーカーやサンダルを愛用している父も、どこか改まった場に出席するときばかりは、黒い革靴を履いて出かけて行くわけである。そして、たいてい、履いていった靴とは違う靴で戻ってくるらしい（母の証言）。

ぜんぜん確認していないのだ。

父は、自分がどんな靴を履いていったのかを確認しておらず、帰るときも、

「なんとなくこの辺で脱いだなぁ」

という感覚だけで、適当に似たような靴に足を入れてしまうのである。

自分の靴は「場所」で探すのではなく、サイズやデザインや質感で判断するものではないでしょうか？

だけど、我がオトーさんは、他人には真似できないのびやかな心で靴探しをするため、父の帰宅後、「靴がない！」と慌てる他人を作ってしまうのである。

ひどいときには、種類の違う2足の靴を片方ずつ履いて帰ってきたため、２人の人間にご迷惑をかける、という不祥事もあるわけである。

さらには、せっかく母が新品のいい靴をオトーさんに買ってきたのに、帰ってきたら底がめくれたボロボロの靴になっていた、ということも少なからずあったのだそう……。母はこういうとき、特に怒っているのだろう。

それにしても、一体、なぜ、そういうことに？

尋ねれば、父はひょうひょうとしてこう答えているようだ。

「ワシ、そんなん気にしてへんもん」

いや、気にするべきだろう。

気にしてくださいよ、オトーさん！

うちのオトーさん
オトーさんを見ていると
ふと思うのでした
洋服って
5~6枚あれば充分なのかも？
フッ
オトーさんは一年中似たような服を着ています
オトーさんの服は母が買ってくるのだけれど
オトーさんこれ
自分で、バザーで買ってくることも
このジャンパーええやろ

いくら思う？
うーん
百円
やす〜
背中におもいっきり「モルツ」のロゴ……
MALT'S
ジーパンも百円で買ってました
上下で2百円!!
なぜか
このさっぱり加減がうらやましくもある
よく歩く人なので
スニーカーだけはちょっといいのをわたしがたまに送ってあげています

父の野菜作り

実家に帰ると、父が野菜を食べろとうるさい。

わたしの健康を気づかって言っているのではなく、自分が作った野菜を自慢したくてたまらないのだ。

定年後、父は家の近所で畑を借りた。借りたと言っても、母がご近所づきあいを駆使して父のために手配してきたのだ。父はただ、「畑をやりたいから探してくれ」と言っただけである。

そんなだから、家族の誰もが、どうせ、一時の気紛れで長続きしないだろうなぁと思っていた。

しかし、父の野菜作り熱はいっこうに冷める気配がなく、かれこれ10年以上続いている。勉強熱心なところがあるので、野菜についての書物を読んだり、畑作りの講座などにも通っていたようで、父が育てている野菜はなかなか立派なのである。

そんなこともあって、とにかく自前の野菜を自慢したくてしようがない父なのだった。「今年は茄子がアカンかった」とか、「トマトがびっくりするくらい甘いんや！」などと、わたしが帰省するたびに、毎度毎度、野菜の話題で持ちきりである。

そして、最後にかならず、

「野菜買わんでええから、食費もだいぶ浮いてるはずや」

と自分の業績をたたえてしまうため、周囲の人間（母とわたし）の誉める気をどんどん失わせてしまうのだった……。人一倍誉められたい男なのに、その願いが叶わないオトーさん。あんまりしつこく「食費が浮く」と言っていると、母に「この前スーパーでトマト安かったわ」と横やりを入れられており、そんなとき、父は聞こえないふりでテレビを見ている。

中学卒業後、すぐに働き、鉄鋼会社で現場監督をしていた父。定年まで、朝から晩まで働いても、自分の土地を手に入れることはなかった。

だけど、今、借りた畑で野菜を育てている父は、とても生き生きしている。

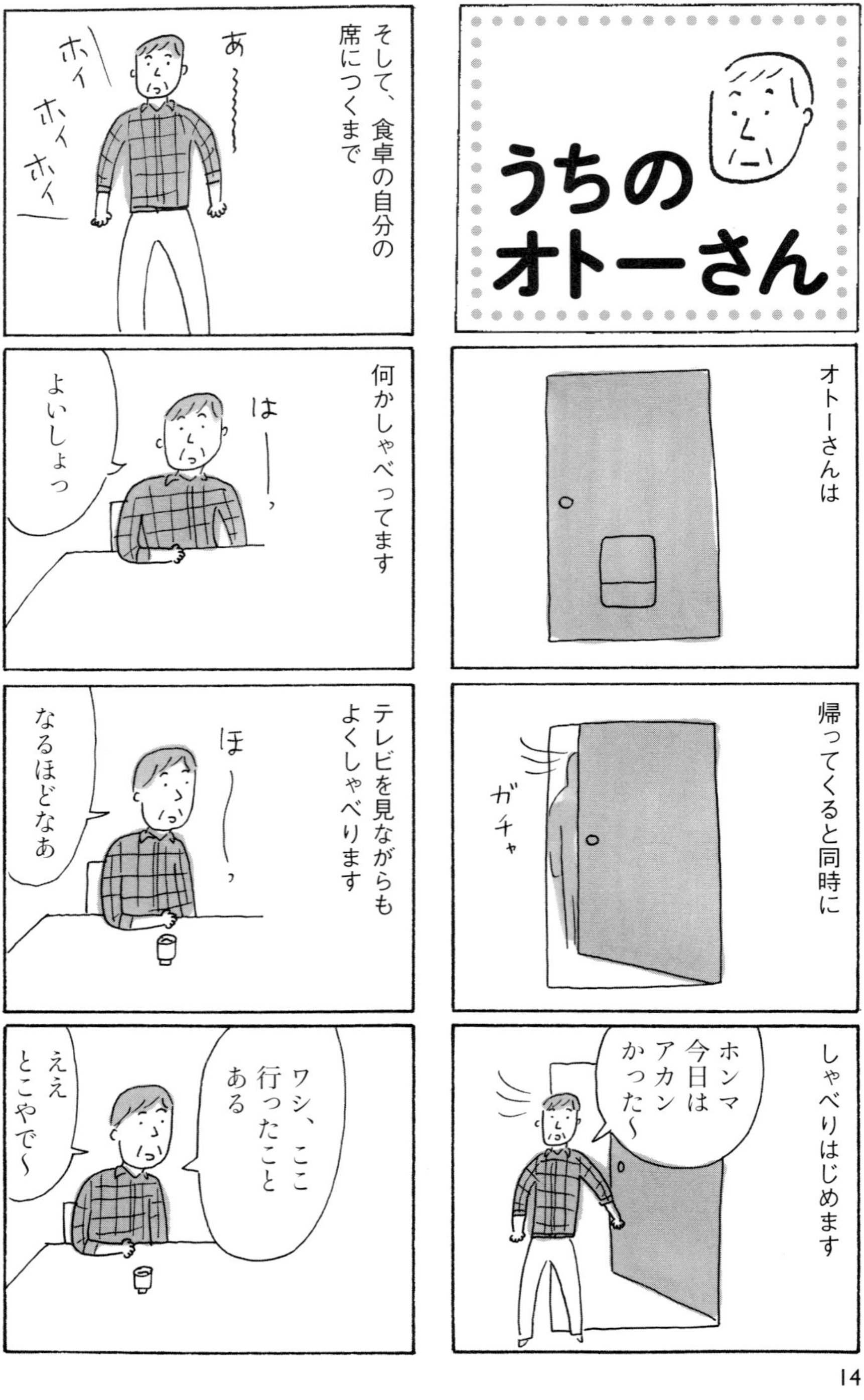
うちのオトーさん
オトーさんは
帰ってくると同時に
ガチャ
しゃべりはじめます
ホンマ今日はアカンかった〜
そして、食卓の自分の席につくまで
あ〜
ホイホイホイ
何かしゃべってます
は——、
よいしょっ
テレビを見ながらもよくしゃべります
ほ——、
なるほどなあ
ワシ、ここ行ったことある
ええとこやで〜

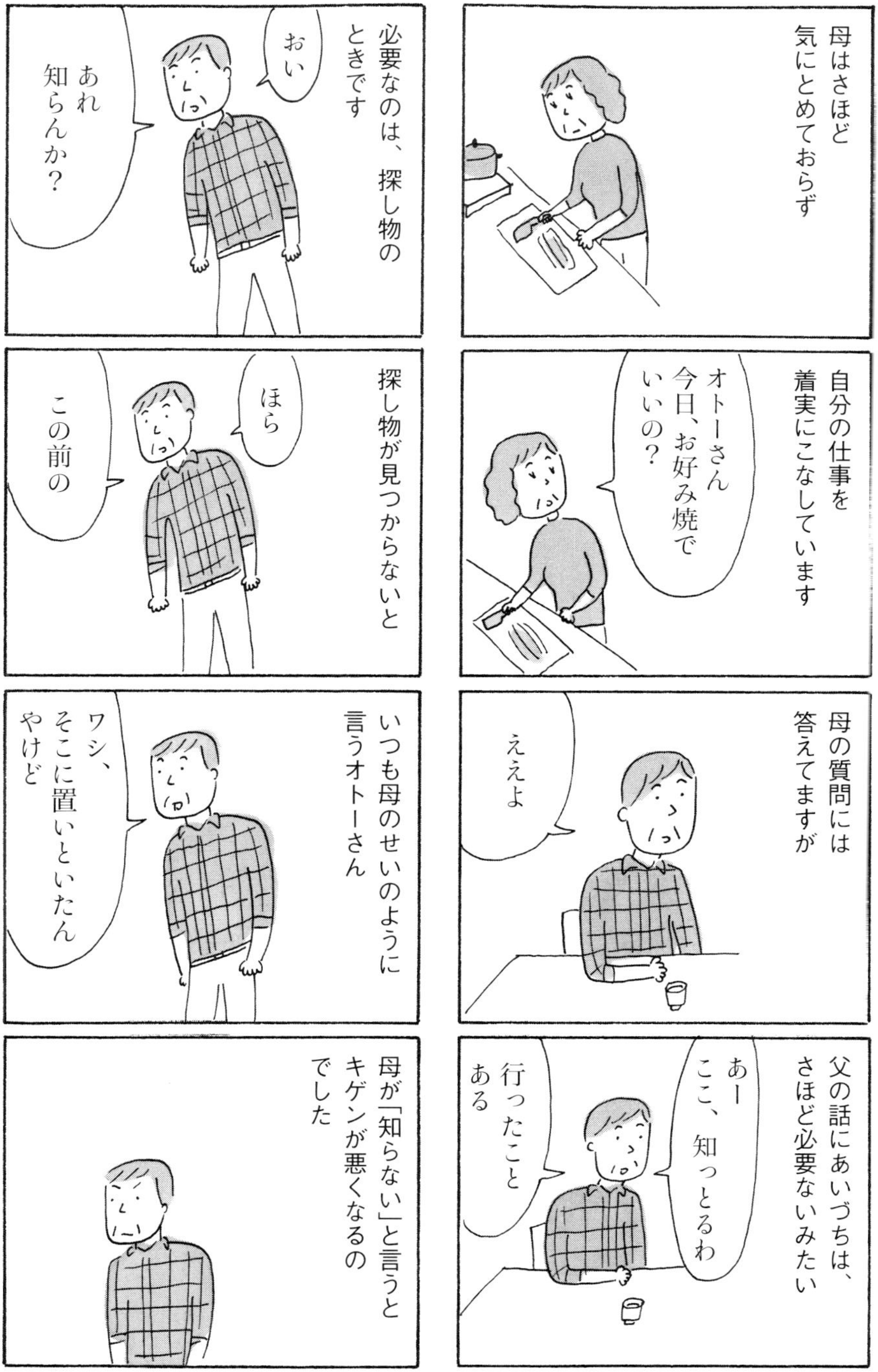
母はさほど気にとめておらず
自分の仕事を着実にこなしています
オトーさん今日、お好み焼でいいの？
母の質問には答えてますが
ええよ
父の話にあいづちは、さほど必要ないみたい
あーここ、知っとるわ
行ったことある
必要なのは、探し物のときです
おい
あれ知らんか？
探し物が見つからないと
ほら
この前の
いつも母のせいのように言うオトーさん
ワシ、そこに置いといたんやけど
母が「知らない」と言うとキゲンが悪くなるのでした

ヘンな食べ方

食べる順番がヘンなのである。前々から気になっていたのだが、父の食事の仕方はヘンだと思う。

たとえば、3品おかずがある場合、同じように食べ進めていくのではなく、ひとつひとつを集中的にたいらげていくのだ。

肉じゃががあれば、まずは肉じゃがに集中。食べ終わると、ほうれん草のおひたしに集中。その次は天ぷらなどなど。毎日がまるでコース料理のようである。

もっとヘンだと思うのは、ラーメンの食べ方である。

父は、具から先にたいらげてしまうのである。

玉子や海苔やメンマ、その他もろもろをきれいさっぱり食べ終えてから、やっと麺に突入する。具は具。麺は麺。いさぎよいような、空気が読めていないような、なんだか変わったラーメンの食べ方なのだった。

そんな我が父は、テーブルに出されたものは、好きなだけ食べてもいいとも思っているようだ。

たとえば、いただきものの小さなお団子が、5個テーブルにあったとする。わたしが帰省していれば、父と母とわたし、3人の人間がいるわけで、お団子が5個あれば、2人が2個ずつ食べ、誰かが1個食べる。そんな流れになるであろうことはなんとなくわかるもの。

だけど、父は「美味《おい》しい！」と思ったら、パクパクッと3個連続で食べてしまったりするのだった。そんなに気に入ったのなら父が3個食べて、わたしと母が1個ずつでもかまわないのだけれど、父はそこから、さらにもう1個追加で食べてしまったりする。3人いるのに、5個のお団子を4個ひとりじめしてしまうって、一体どういう計算なのでしょう？

食べたい気持ちがおさえられないオトーさん。だから母は、よくお菓子を隠している。「見えるところにあるとオトーさんが全部食べてしまう」などと言って、まるで木の実を隠す森の動物のように、見つけられないようにしているのだった。

オトーさんが定年後にできるようになったこと

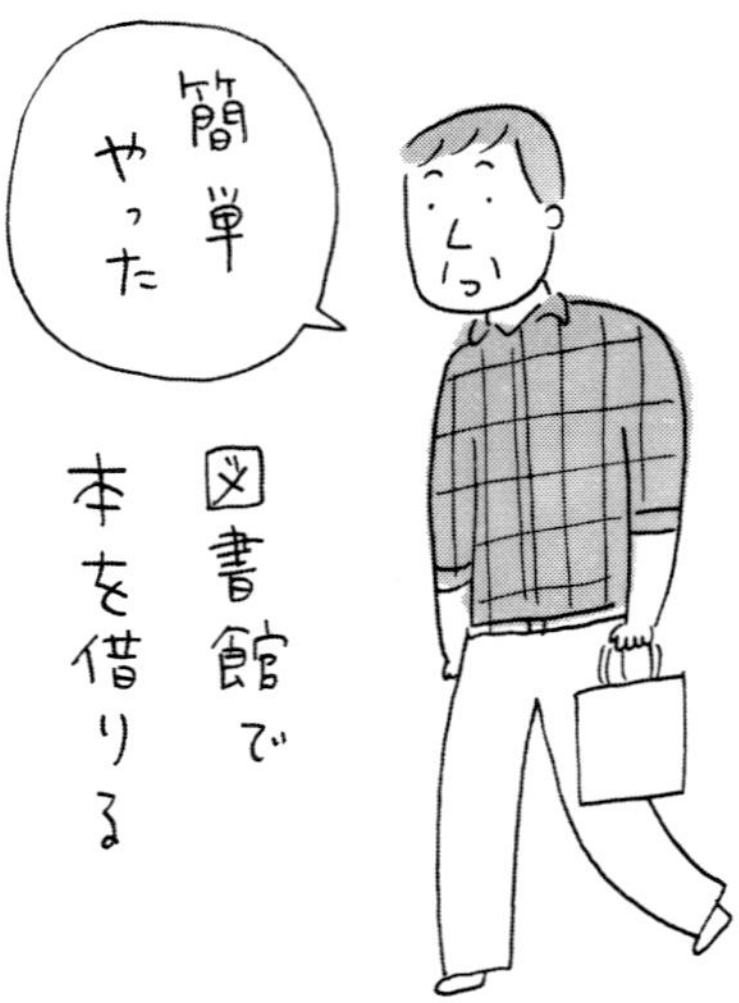
簡単やった
図書館で本を借りる

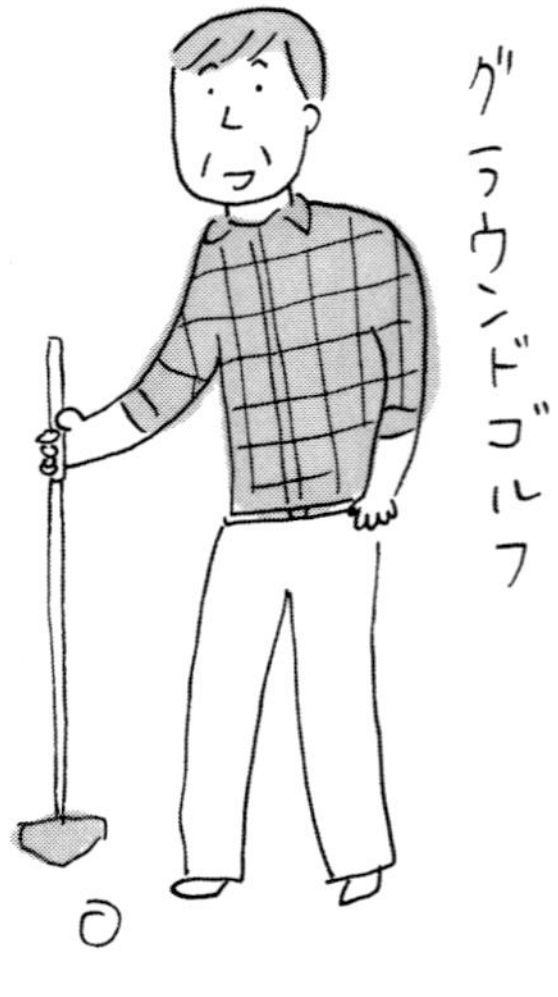
グラウンドゴルフ

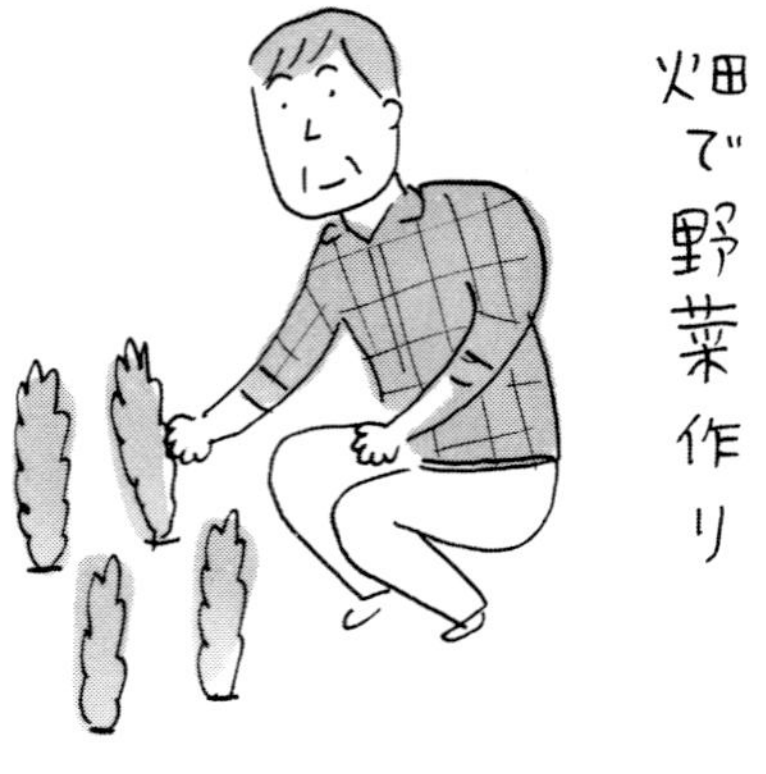
畑で野菜作り

母が留守の
時は、自分の
昼ご飯を作る
（うどんなど）

定年後のオトーさんは
絶対、一日中、家で
ゴロゴロすると
思っていたけれど
予想外に
アクティブだった
グラウンドゴルフは
チーム戦ではなく
個人戦だから
好きなのだとか

手を洗わない

うちのオトーさんは、外から帰ってきても手を洗わない男なのである。

老後の父の趣味は、畑での野菜作りと、グラウンドゴルフ（ゲートボールに似ている）。ともに、野外で行なわれるもので、汗もかくし、手だって汚れる気がする。

だけど、父は帰ってくると、脇目もふらず食卓に直行するのだった。

不潔だと思う。

いや、はっきり言って不潔である。できることなら手を洗って欲しい。

昔からそう思っているのだが、昔からそういうふうなので、今さら変わるわけがないとも思っている。

父が手を洗わない理由は、ただひとつ。面倒くさいのである。

玄関から食卓に到着するまでの間に、洗面所の前を通り過ぎているというのに、なぜ手を洗えないんだろう？

わたしには、こういう「面倒くさい」がよくわからないのだった。

帰省するたびに、父は自分の作った野菜をわたしに食べさせたがる。それはいいのである。母が煮物や天ぷらにしたその野菜は、味もおいしいし、なにより無農薬だ。

ただ、ひとつ困るのが「大根おろし」。

「これ、うちでできた辛い大根やぞ！」

わたしが、辛い大根おろしをご飯にかけて食べるのが好きなのを知っている父は、ときどき自分がすり下ろした大根おろしをすすめてくれるわけである。

しかし、わたしは躊躇《ちゅうちょ》する。

オトーさん、大根を持ったその手、洗ってんの？

いや、洗っていない。絶対に洗っていない。「いらん」。わたしがすみやかに辞退すると、

「そうかぁ？　うまいぞ」

などと、父はなごり惜しそうにつぶやいている。妹の夫が気をつかい「僕、いただきます」と言って食べている姿を目撃するたび、いい青年だなぁと思う義姉なのであった。

うちの
オトーさん
あ～
腹へった
あ～～
スタ
スタ
スタ
よいしょっ
ストンッ
パクッ
帰宅してから、何か食べるまでが早い！
手は洗わないの？
オトーさんっ
せんべいならともかく
まんじゅうは、なんか、手を洗って欲しい気が……

かじったまんじゅうも
いつも直接テーブルに置くオトーさん
ワイルドすぎやで
ったく
母
どうなのあれって
そんでも、
オトーさん元気やし
汚ないくらいのほうが
ええんかもよ
なるほど

阪神の野郎

オトーさんという人たちは、なぜあんなに野球が好きなのだろう？

と思うのは、夜のニュース番組でいろんなニュースや特集が終わったあと、ニュースキャスターがひときわ明るい声で、

「さ、おまたせしました、つづいてはスポーツです‼」

と張り切っている姿を目撃するときである。おまたせと言われても、少なくとも、母やわたしはまってない。まっているのは父だけである。

父は阪神タイガースのファンである。

ファンではあるが、別に球場に足を運ぶわけでもなく、グッズを購入するわけでもない。ただ、ひたすらテレビの前で応援している。

子供の頃のわたしは、野球にまったく興味がないにもかかわらず、ずーっと阪神タイガースを応援していた。むしろ、本当のファンの父よりも応援していたのではない

かと思う。

阪神が負けると、父の機嫌が悪くなるからだ。阪神さえ勝てば家庭円満。どうか、どうか、今日も阪神が勝ちますようにと、夏中祈っていたものである。だけど、当時の阪神はなかなか勝たなかったので、夏の父は、たいてい不機嫌だった。

「ほんまに、阪神の野郎は！」

テレビに向かって毎度おきまりのセリフを吐いている父を見て、わたしはいつも心の中で思っていた。オトーさん、「野郎」の使い方、間違ってるよ……。


わたしが高校生のとき、阪神タイガースが優勝するという大事件が起こった。その夜、父は「ありがとう」と涙を浮かべ、母とわたしと妹にそれぞれ1万円を手渡した。お金をもらってなんだけど、あの夜、一体どの立場から父は「ありがとう」と言っていたのだろう？　ファンというのは、本当によくわからない。わたしが何に対しても熱烈にファンになるという感情が湧いてこないのは、こんな父の姿を見て育ったせいかもしれない。

うちのオトーさん
オトーさんについて語る 女同士 その1
オトーさんって
なんかちょっとズレてないですか？
そーそー
うちなんか、マラソン中継を録画して
ひとりで見返してるんですよ
なが〜
しかも、うたた寝とかするでしょ
そうしたら巻き戻して見てるんですヨ

マラソンを!?
はい
見返すと言えば、
うちは阪神が勝ったらスポーツニュース、何度も見てます
何回見ても同じなのにね
ふふ
阪神負けるとキゲン悪いんですけどね
巨人も負けるとまだ、マシみたい
なんなのでしょうかね
オトーさんって

クラシックを聴く男

父が自分の車の中で流している音楽といえば、クラシックである。

そして、その父が今、車で向かう場所といえば、畑とか、近所の回転寿司屋さんとか。クラシックCDを聴きつつ、優雅に出かけて行くようである。

わたしも帰省したときには、駅まで送ってもらうため父の車に乗るのだが、

「どうや、ワシはクラシックを聴く男なんやでぇ〜」

という、口にはせずとも、ちょっぴり自慢げな父の横顔に気づかずにはいられない。

だってだって、乗車したと同時に、いそいそと音楽の準備してますから。

だからわたしも、

「オトーさん、クラシック聴くなんてオシャレやなぁ」

と話題にしたほうがいいんだろうなと思っている。思っているのだけれど、面倒くさいので、一切そのことには触れようとしない親不孝な娘……。そういえば、母も、

父のクラシック趣味に関しては、まったくの無視を決め込んでいる。同じく面倒くさいのではないでしょうか。

だけど、わたしは、自分が絵を描くような仕事についたことは、こういう父の影響が多少なりともあったのだとも思っている。

父は昔から、テレビのCMで流れているクラシック音楽に、「ええ音楽やなぁ」とか、「ワシ、この音楽好きや」などと声高に感動しまくっていた。そんなことをわざわざ口にする必要もないのだけれど、でも、身近な大人が、点数のつけようのないものに対して敬意を表している姿は、子供にとっては意味があったのだと思う。父は、セザンヌとかゴッホという、誰もが知っているような、有名な画家の絵にも単純に反応し、「きれいな絵やなぁ」と言いまくっていた。

わたしが美術の短大を進路として選んだとき、父はものすごく喜び、そして誇らしげだった。将来のことなど、何も心配されなかった。

芸術が好きなのか、芸術が好きな自分が好きなのかは微妙だけれど、オトーさんは今日も車でクラシックを聴いているのだろう。

うちの
オトーさん
雑学好きなオトーさんは
ゴッホいう人は
生きてる時は1枚しか絵が売れんかったそうやなあ
30年くらい前にこのウンチクを聞いたわたしは感動しました
歴史にもくわしいので
江戸時代は
いろんなことを教えてくれますが
どーのこーの
家族は、聞いていたりいなかったり……
へー
でも、なぜか何年たっても覚えているような雑学もあるのでした
「小京都」の条件か〜

わたしがカゼで
寝こむと
機嫌が悪かった
心配するという
表現が下手な
オトーさん

オトーさんの駐車

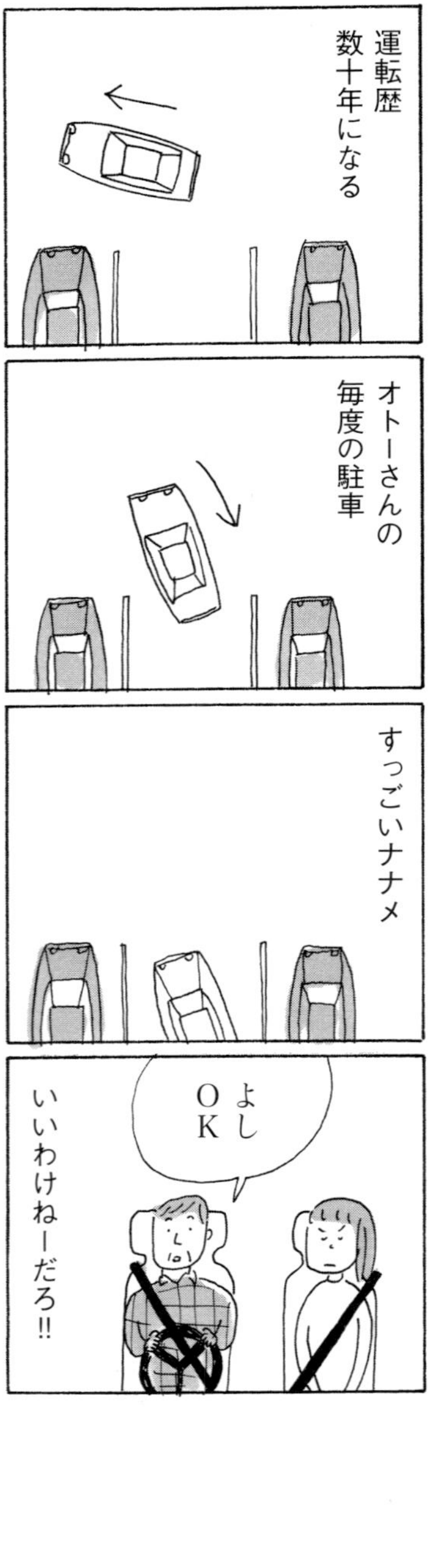

オトーさんとうまいもん

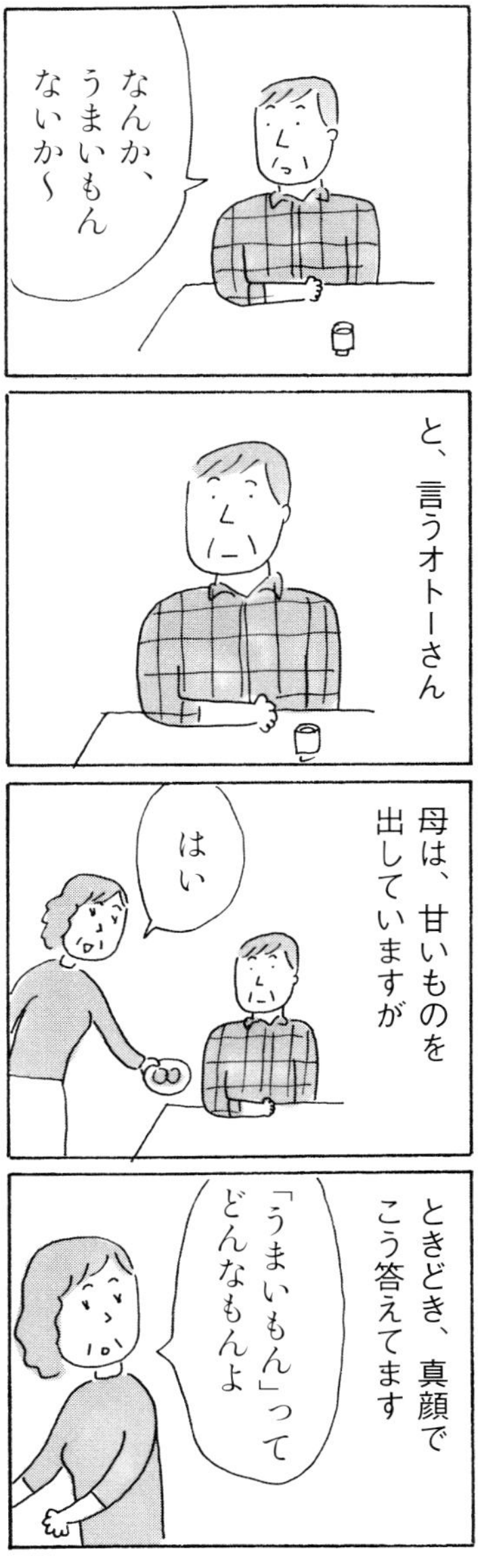

法事でキョロキョロ

とにかく気の短い父は、じーっとしていることも苦手である。

たとえば、親戚一同が集まるお寺での法事の場でも、真っ先に退屈し始めるのがうちの父である。

そして、退屈なときには、退屈な顔をしてしまうのが父であり、世間一般の大人たちが行なっている「退屈でも退屈そうに見せない努力」というのがちっともできない男なのである。

お坊さんがお経を唱えているときには、真面目に前を向いて座っていなければならない、というのが常識のはずなのに、5分もすると父のキョロキョロが始まる。

窓の外を見たり、壁にかかっている絵を見たり、天井を見上げたり。ひと通りそれが済んでしまうと、もう見るものがないので、ひとまず前を向く。

しかし、父の性格をよーく知っている父の兄弟たちは、

「そろそろ始まるぞ〜」

という眼差しで、父の動きを気にしているのが伝わってくる。

窓の外や、壁の絵や、天井を見たあと、父は必ず自分の数珠《じゅず》を見るのである。父の数珠には細工がされていて、珠の穴をのぞくと、絵に描いたお坊さんの姿が見えるようになっている。父はそれを、お経の途中で確認せずにはいられないのだ。

数珠を電気の光にかざして、真剣な顔で珠の中をのぞくオトーさん。

「あ、やっぱり今回ものぞいた！」

父の兄弟たちは、いつも顔を見合わせてニヤニヤするのだ。

うちの母だけは「やれやれ」という表情をしているのだけれど、よくよく考えてみれば、父の行動を楽しみにしている父の兄弟たちも、じーっとはしていられない性分なのかも……。信仰深い一番上のお兄さんは前の席に座っているため、うちのオトーさんの法事でのキョロキョロは大目に見られているようである。

うちの
オトーさん
オトーさんについて語る女同士 その2
オトーさんって
なんかちょっとズレてないですか？
そーそー
この前、母と2人で旅行の計画たててたんですけど
それを見てたオトーさんが言うんですよ
「オレは行かなくていいのか？」って
「いいのか？」って言われてもねえ……
ハハハ
「いい」ともハッキリ言えないし
ハハハ

キズつく
キズつく
ハハハ
「一緒に行きたい」
って言えないのが
オトーさん
っぽい!!
でも、
別に
一緒に
来たいわけでも
ないみたいで
一応
声かけて
もらいたい
みたいな?
そー
そー
ふふふ

父と料理とアシスタント

帰省していたとき、ちょうど母が昼時に留守にしていたので、わたしはスパゲティでも食べようと、作る準備をしていた。父は台所になど立たない男だったのだが、定年後はラーメンやうどんなど、自分が食べたいものは自分で作るようになっている。だから、わたしのスパゲティなどいらないだろうなと思ったものの、一応、「食べる?」と聞くと「食べる」と言う。

父は昔から、子供が一生懸命に作った料理にたいしても、

「うまないいなぁ(美味しくない)」

と平気で発言するような人物だったので、わたしはずいぶん長い間、父に料理など作ったことがなかった。本当に久しぶりである。そしてトマトスパゲティを作って出したところ、「硬いなぁ」と父。まだ文句言うか!? と思ったものの、冷静になってみれば、父はアルデンテという麺の硬さを知らないのだった。それでは仕方があるま

い。レンジでチンして出すと全部食べていた。

昔のこと。料理など全然しなかった父が、突然、料理をすると言い出した日があった。わたしが10歳くらいのときだっただろうか。日曜日にたまたまテレビの料理番組を見ていて、作ってみたくなったようだ。

「晩メシはワシが作る」と張り切るオトーさん。母は、自分があれこれこき使われるのをすぐに見抜き、逃げるようにどこかへ出かけていった。残されたわたしと妹が父のアシスタントである。

父は、何かをはじめるときはいつも機嫌が良く、ウキウキしているのだけれど、少しでも思い通りにいかないとお皿を壁に投げ飛ばしたりしてブチギレる。だから、わたしも妹も、父の機嫌を損ねないように必死で働いた。

その日、父が作ったのは、じゃがいもを牛乳で煮るという洋風メニューで、結局、牛乳を焦がして鍋の底をガビガビにしていた。でも上部は食べられたので、夜はみんなでそれを食べた。割合に美味しかったのだけれど、わたしも妹もアシスタントに疲れ、母はとっ散らかった台所の後片付けに疲れ、父だけが上機嫌の日曜日だったのである。

うちのオトーさん
定年後、よく料理番組を見ているオトーさん
テレビ
なるほどな〜
ほほ〜
そして、よせばいいのに
おーい
母に語ってしまうオトーさん……
知ってたか〜
ほうれん草ゆがく時は
塩入れるとええらしいぞ
ムッ
知ってる！

長崎おった時は、
ちゃんぽんと皿うどん毎日、かわりばんこやったわ
なぜか得意げ

気に入ると
飽きるまで同じものを
食べるオトーさん
長崎に単身赴任中
同じ店で
ひたすら同じものを
食べていたらしい
（おいおい）

短気に釣りは向いている

最近はあまり行かなくなったみたいだけど、父の趣味のひとつに釣りがある。

顔なじみの釣り舟屋さんがいくつかあるようだが、父がどんなふうにその釣り舟屋さんを見つけてきたのか、料金がいくらなのか、どこから乗船しているのか、家族の誰一人くわしくは知らないと思う。

父は釣ってきた魚のうんちくは語るのだけれど、その前段階のことはほとんど喋らない。単に面倒くさいのだろうが、とにかく、父が外の世界でうまく社交できていることを、わたしは子供の頃から「良かった」と感じるのだった。母への愛とは別物の感情である。

それにしても、短気な父が、なぜ気長に待たねばならない釣りを好むのか不思議である。

「短気な奴に、釣りは向いてるんや」

などと、父は自分でよく言っているけど、そういうものなんですかね？

小学生のとき、父に連れられてはじめて海釣りに行ったことがある。

船ではなく、どこか防波堤のような場所から並んで釣りをした。

エサをつけた糸を海に垂らし、魚が食いついてくるのを待つ。その糸の先をのぞきこんでも、なんにも見えなかった。海は真っ黒だった。海水浴で知っている海とはまったく違う顔をしていた。わたしは、海をとても怖いと思った。黒くて、底が見えなくて、そんな水の中に魚がウヨウヨ泳いでいると思うと薄気味悪かったのだ。

この海にあやまって落ちてしまったらどうなるんだろう？　わたしは死んでしまうのだろうか。

恐ろしくなって、隣で釣りをしていた父にそう告げると、

「お前が落ちたら、お父さんが飛びこんだるから大丈夫や」

と言われた。

そうか、わたしのことはお父さんが助けてくれるんだった。

その当たり前のようなもの言いに、幼いわたしはとても安心したのだった。

うちのオトーさん
定年後のオトーさんは多趣味です
毎朝2時間のウォーキングは欠かしません
レンタル畑で野菜作りや
海釣り
グラウンドゴルフ
読書や将棋
将棋のテレビ
一番ハマっているのは自治会の仕事

大漁の日は
得意顔のオトーさん
どうや
魚屋
開けるやろ
毎回同じセリフ
どっさり

そういえば昔、家に
オトーさんが釣ってきた
大きな魚の魚拓が
飾ってあったけど
いつの間にか
なくなっていた
捨てられたんだと
思う……

お米への憧れ

父がこんなことを言っていたのを覚えている。定食屋さんに入ってメニューを見たときに、焼飯と焼そばが同じ値段では嫌だというのだ。

どういう意味？

よくよく聞いていると、父のお米に対する思い入れなのだとわかった。

焼飯は、焼そばより10円でも高くあって欲しい。

これは、子供時代にお米が食べられず、「いつかお腹いっぱいお米を食べたい」という当時の父の願望からくる感情だったのだ。

貧しかった父の子供時代の話は、もう何度も何度も何度も聞いてきた。

クラスでひとりだけ修学旅行に参加できなかったとか、食べるものがなくて芋のツルを食べていたとか。

父は今でも、

「もう芋のツルだけは食べたくない」

とよく語っている。

普段はうんうんと父の話を黙って聞いている母も、たまにうんざりするのか、

「食べんかったらええやないの」

などと小声でツッコんだりしているほど。

そして、父の子供時代の貧乏話は、最後は「お米」に向かうのだった。当時のお米への憧れを語り始めると、だんだん感極まってきて、狭い団地の部屋の中でいつも大声になってしまう。

わたしも妹も、「あ、またや」とその場からなんとなく離れていくのだけれど、きっと、何度語っても物足りないくらい父にとっては辛い経験だったのだろう。

話は何度も聞いたけれど、本当にお腹をすかせたことのないわたしには、想像しきれていないのだと思う。

うちのオトーさん
夕方早くに晩ご飯を済ませるオトーさん
うまかった
食べたら寝ます
さあ
寝よか〜
そして、夜食を食べに起きてきます
よー寝た
何時や？
オトーさんの夜食はだいたいおにぎりです
母が、オトーさんのために用意しています
お米を食べると安心するみたいです
うまかった
さ、また寝よか〜

わたしのボールが
団地の屋上に
のってしまったとき
オトーさんが
取りに行ってくれた
うちのオトーさんって
すごいな〜って
ちょっと自慢だった

ダンボール1箱

父には、夜眠る前に必ず読書をする習慣がある。いつも枕元に何冊かの文庫本が積み上げられていて、歴史小説やサスペンスなど、その日の気分でいろいろ読み進めているようである。

短編はほとんど読まず、1巻で完結するものより、何巻もつづきになっているものが好きだと聞いたことはあるが、ただ、実を言うと、わたしは父がどんな小説を読んでいるのか、くわしくは知らない。

なぜなら、父が手元に本を残さない男だからである。たいてい古本屋さんでどっさり買ってきて、読み終わったら本好きの親戚にダンボールごと送っていたし、定年後は、もっぱら図書館で借りている。

自分が読んで感動した本を、子供たちにすすめることもなかった。

ごくごくまれに、

「この本は、ホンマにおもしろかったなぁ」

などと口にしていることもあるのだが、別に内容を語るわけでもない。わたしも「ふーん」と言うだけ。父には父の世界があり、そういうことに首をつっこんではいけないような、そんな気がしていたのだった。

そういえば、団地の老朽化のため、引っ越しをした数年前のこと。いらないものはできるだけ処分しようと、母とわたしは家中のものを山のように捨てたのだけれど、それでも持っていくダンボール箱は数十箱。そんな中、洋服は別として、父の持ち物は、なんと中サイズのダンボールひとつだった。

何千冊もの本を読んできたであろう父の部屋には、読み終えた本がない。あるのは、今読んでいる本と、次に読む本だけ。なんと、さっぱり軽やかなことだろう。

ものを大事にできないという父の性格のせいもあるだろうが、わたしは、引っ越しの前夜、山のように積まれた荷物の中に、「父」とマジックで書かれた1箱のダンボールを眺め、これもまたいいかもしれないと思ったのだった。

うちのオトーさん
オトーさんについて語る女同士　その3
オトーさんって
なんかちょっとズレてないですか？
そーそー
この前、父と母に「マッスルミュージカル」のチケットあげたら
行く前にオトーさんが聞くんです
なんて？
体操服着て行ったほうがいいのかって
一体、どうするつもりだったんでしょう？
フッ
ふふふ

畑の野菜を
持って帰ってくる
オトーさん
せっ
せっ

母が留守のときは
野菜をテーブルに
並べておくオトーさん
猫が獲物を
見せにきて
誉めてもらおうと
するのに似てるような……

味噌汁に氷

「超」がつくほどせっかちな我がオトーさん。急いで食べられない料理が食卓に出てくると、よく途中で怒り出していたものである。

我が家では、小骨が多い小魚は、ほぼ禁止だった。小骨にイライラして父の機嫌が悪くなるからだ。

熱々の料理も、父が急いで食べられないからダメ。父以外の家族は、毎晩炊きたてホカホカご飯だったけれど、父だけは、いつも前日の冷ご飯だった。ホカホカご飯は、急いで食べられないから嫌なのだそうだ。

だから、味噌汁も、うちの食卓にはほとんどのぼらなかった。理由はもちろん熱いからである。父は、働いていた頃も、外で定食を食べるときは、お店の人に頼んで味噌汁に氷を入れてもらっていたそうである（おいおい）。

味噌汁に氷もたいがい驚くが、一番びっくりした父の「せっかちエピソード」といえば、やはりこれ。職場のお昼に定食屋さんに入ったとき、あれこれ考えるのが面倒で、いつも一番最初に書いてあるメニューにしていたと言うのだ。

って、どんだけせっかちなんや⁉

なにが、どうして、こういう性格なのかはわからないが、とにかく、さっさと物事を運びたいようである。

だから、外食でもしようか、と父が言い出したら、母もわたしも妹も、ものすごーく緊張した。

出かけると言ったら、すぐにでも飛び出して行きたいのが我が父である。着替えたり、髪をといたり、そういうことをしている時間などあるわけもない。

わたしは子供の頃から、家族で外食するのが嫌いだった。短気な父が怒り出さないよう、空気を読んでいなければならないし、レストランで父の料理が一番最後に出てくる、なんてことになると、先に食べ始めても食べた気がしなかったもの。

父も、歳をとってずいぶん待てるようにはなってきた気がする。だけど、まだまだ「せっかちな人」として分類されるのである。

うちのオトーさん
昔、家族全員で
ぞろぞろ
レコードプレーヤーを買いに行きました
でんき屋
子供用の安いものです
ひとり1枚、好きなレコード買うたる
と、オトーさんが提案し
「銀河鉄道999」（ゴダイゴ）
小学生のわたし
「ドラえもん」にする
妹
「おもいで酒」（小林幸子）
母

オトーさんはさだまさしの「関白宣言」でした
ワシ、これや
「関白宣言」の影響で
オトーさんは時々、こんなことを母に言います
ワシが死ぬ時は
「お前のおかげで
いい人生やった」って言うからな
それに対する母のツッコミはふた通りあります
その1
わがままな人のほうが長生きするんよ
その2
死ぬ前に感謝されても遅いわ
お母さん!!
ハハハ

女3人のきままな生活

鉄鋼会社の現場監督だった父は、いつもいろんなところへ出張があった。出張と言っても、その建物の基礎ができあがるまでだから、3ヵ月とか、半年とか。ときには1年以上と期間が長い。

今でも父は、自分がかかわった日本全国の建物を懐かしそうによく語っている。東京ドームの基礎工事では、忙しすぎて、ドームの真ん中に、寝袋で寝ていたそうである。

はじめて父が長期出張に行くことになったとき、わたしは確か、小学校の3〜4年生だったと思う。

父が出かける朝、小さなお守りを手渡した。現場で事故にあいませんようにという気持ちと、わたしのことを思い出して欲しいという気持ちと。父が出かけて行ったあと、なんだか淋しくなって、わたしは布団の中でしくしく泣いたのだった。

しかーし。父のいない生活にはあっという間に慣れた。母とわたしと妹と。女３人のきままな生活。せっかちな人もいない。ワガママを言う人もいない。

一家に１台しかなかったテレビも、父がいるときは、父が見たい番組、または、父が気に入る番組ばかり。

「なんでも好きなもん見たらええぞ」

などと、たまに優しいことを言われ、わたしと妹がお笑い番組なんかを見ていると、

「どいつもこいつもアホばっかりやな」

などと隣からイヤミの数々……。だけど、オトーさんの出張中は、すべてのチャンネルを自由に選択できるのだ！

というわけで、忘れた頃に父が出張から帰ってくると、

「また早く、出張行ってくれないかな〜」

ひそかに願っていた幼い娘たち。いや、母もか？

思えば、なんだかちょっと気の毒なオトーさんなのであった。

うちの
オトーさん
出張帰りには、必ずお土産を買ってきてくれたオトーさん
サンゴのブローチだったり
キラキラしたボールペンだったり
民芸調のカサだったり
生きたリスもありました
変わった形のコマを買ってきてくれたとき
オトーさんが部屋の中でまわしてくれたのですが
見とけ
よっ

タンスにブチ当たって母に叱られました
オトーさん外でやって!
普通の日でも、たまにケーキを買ってきてくれましたが
いっも作業着
帰ってきて、しばらくしてから
玄関見てみ
教えてくれるのです
あった!
演出するのが好きだったのでしょう
わたしが高校3年になって、バイトをやめると
朝、仕事に行く前に
やるわ
よく5百円玉をくれました
サンキュー

ダイニングセットを選ぶ

実家の団地が老朽化で建て替えとなり、引っ越しするにあたって、わたしと妹とでダイニングセットをプレゼントすることにした。母は「気つかわんといて」と言いつつ、とっても喜んでくれていた。

しかし、我が父は、なぜだか知らぬが文句ばかりなのである。

父と母とわたしと妹。４人で家具選びに出かけたのだが、父は常に落ち着きがないので、広い店内をひとり見学タイム。父にとってはダイニングセットなんてどれでもいいのだろう。

そう判断し、女３人であれこれと見比べ「これにしよう！」と決定した。

すると、そこへ店内を一回りし終えた父がやってきたので、

「オトーさん、これにするね！」

と言ったところ、気に入らないという。掃除をする母が楽なように、椅子にコロコ

口が付いているのを選んでいたのだが、そのココロが危険だと言い張るのである。父いわく、

「年寄りのワシは、後ろにひっくり返る」

どんなアクロバットな座り方をすれば、そうなるのでしょうか？

自分がいないときに決定されたのが面白くなくてゴネているのが一目瞭然だが、だいたい、店内をウロウロして遊んでいたのは、あなたのほうなんですよ、オトーさん！　こんなふうにゴネ出したら、どうおだててもムダなので、結局、その日は何にも買わずに店を出たのだった。

その後も、ダイニングセットはぎりぎりまで決まらなかった。話題にしただけでムスッとするのだから、相談のしようもない。

「家に届いたら、たぶんもう何も言わへんよ」

慣れている母は、しばらく話題にしないのがいちばんと言い、実際、父が不在のときに、ダイニングセットをとっとと注文して届けてもらったら、もう文句も言わなかった。父は後になって、「ええもん買ってもろたなぁ」などと母に言っていたようである。ただ、ゴネたかっただけのオトーさんなのであった。

うちの
オトーさん
車で北海道
1周したいな〜
などと、さりげなく
母を誘うオトーさん
母は話には
のりません
わがまま放題の
オトーさんに
振りまわされるのが
目に見えているから……
北海道、
ワシ
行ったこと
ないからな〜
オトーさん

いいと思うで
でも最近は
そやな〜
それもええかもな〜
行っておいでよ〜
そんなふうに言っているだけって気がします
気持ちええやろな〜
ひとりで
行ってみたいな〜って
お母さん……
ハハハ
言ってみたいだけなんだと思います

千円のラーメン

大人になって、父とふたりでラーメンを食べに行ったことがある。わたしがまだ実家にいた頃だから、20代のはじめだっただろうか。

「千円のラーメンがあるんやぞ！」

父はある日、興奮した様子で仕事から帰ってきた。昼間にラーメン屋さんに入ったところ、そこのメニューに千円のラーメンがあり、それはそれはおいしかったらしいのだ。

父はこんなふうに、自分が外で食べて感動したものの話をするのが好きだった。そして、家族を連れて行ける範囲のところだと、連れて行きたがった。自慢したい気持ちと、食べさせたいという優しい気持ちの両方なのだと思うが、家族は一緒に出かけることに対して、常に腰が引けていた。なぜなら、父との外出はいつだって父に対する「接待」のようなものだったから……。オトーさんを盛り上げ、オトーさんが楽しそうかを確認し、どうかオトーさんが怒り出すようなできごとがありませんようにと祈るばかり。心休まるお出かけなど、ないに等しいのである。

さてさて、その千円のラーメン。

「おい、一緒に行こう、千円やぞ、千円！」

父はしばらくして母を誘い千円ラーメンを食べに行った。そしてさらに、「千円、千円」とわたしのことも誘うので、数日後、父とふたりでラーメン屋さんに行くことになった。わざわざ車に乗ってである。

国道沿いの小さなラーメン屋さんだった。

席に着くと、父は嬉しそうに千円のラーメンをふたつ注文し、わたしたちは向かい合ってズルズルとそれを食べた。わたしは父親とふたりでラーメンを食べていることが急に照れくさくなり、「おいしい、おいしい」ばかり言っていた。

娘のわたしが「おいしい」を連発していたので、父は満足そうだった。でも、味は普通のラーメンだった。

うちのオトーさん
外食も好きなオトーさん
今日、食いに行こか〜
わたしが帰省すると
どこ行こか〜
夕方に3人で食べに行くことも
そうしよか
店はオトーさんに決めてもらいます
寿司しよか
いちばん波風が立ちません
そうしよー
オトーさんの「寿司」は
ズバリ「回転」です

回転寿司のシステムが好きみたいです
じーーっ
ええやろ、ここ
うん
もぐもぐ
店に入ってすぐに食べられる、
ハマチいっとこかな
うまいな〜
うん
もぐもぐ
というのが、短気なオトーさんにぴったり
わたしがいっぱい食べると
もぐもぐ
うまいか？
うん
うれしいみたいです
もぐ
もぐもぐ

オトーさんのプレゼント

クリスマスや誕生日には、いつもプレゼントをくれた父。プレゼントをケチったりするのが性にあわないようで、欲しいと言うものはたいてい買ってもらえた。

と言っても、わたしも妹も、団地住まいの我が家の経済状況を頭に置き、「これくらいまではオトーさんは買うな」という判断をしてからプレゼントを要求していた。

短大生のとき、雑誌で見た腕時計をわたしが欲しいと言ったら、

「ワシ、わからんから一緒に行こう」

父とふたりで買いに出かけたことがあった。

欲しかった腕時計は、近所の時計屋さんになく、次に行った駅前の電気屋さんでも取り扱っておらず、わたしは短気な父を思い内心ハラハラしていたのだけれど、父は終始機嫌が良かった。そして、何軒か探し歩いてようやくデパートで見つけたとき、

「お～っ！　あったなぁ！　やったなぁ！」

と父が大きな声で言うのが恥ずかしくて、わたしは時計売り場でうつむいていたのだった。そして、うつむきながらも、オトーさんは、本当にわたしのことが好きなんだなぁと思ったのだった。

こんなふうに、プレゼントはいろいろもらったのだけれど、何を思ったのか、父が洋服を買って帰ってきたことがあった。

確か、わたしが中学2〜3年生の頃だったと思う。仕事から帰ってくるなり、父に「ほれっ」と手渡された袋。開いてみると、春物のニットが1枚入っていた。地元の駅前のブティックで買ってきたのだという。たまたまディスプレイを見ていいなと思ったのか、わたしに洋服を買おうと思って店に入ったのかはわからない。

その服は、鮮やかな赤・白・青のトリコロールで、わたしが今まで着たことのないような服だった。でも、それを着ると、よくみんなに似合うと言われた。父が洋服を買ってきてくれたのは、その一度だけである。

うちのオトーさん
オトーさんについて語る女同士　その4
オトーさんって
なんかちょっとズレてないですか？
そーそー
オトーさんっていつも母が買ってくる服を着てるんですけど
たま〜に自分でも買ってくるんですよ
それが変な色のタートルだったりして
何、オトーさん、これ着たかったわけ？　って
買ってくるといえば

うちのオトーさんも時々、自分のスニーカー買ってくるらしいんですけど
試着が面倒でサイズとか、よく確かめないみたいなんですよ
で、家に帰って履いてみたら合わなかったりして
どうするんですか？
母が店に交換しに行ってあげるって言うんですけど
レシートなんか捨てた！
って、なぜか逆ギレ……
わけがわかりません……

好き嫌いアピール

「ワシ、そういうもんはスカン（嫌い）」

と、ファストフードを食べたがらない父。もちろんそれは自由なのだけれど、それなら黙っていてくれればいいのである。なのに、父は黙っていられないのだった。母や妹と、「たまにはおやつに〜」と楽しく宅配ピザを食べているところに登場しては、

「そういうもん、ワシ、食べたいと思わへん」

などと、発表してしまうのである。父のためのおやつは母がちゃんと用意しているのだから、水を差すのはやめて欲しいところである。

少し話は飛ぶが、子供の頃、父にご飯をよそってあげたときのこと。母に「お父さんにご飯よそってあげて」と頼まれたのが嬉しく、はりきって父のお茶碗にご飯を入れて渡したところ、父はこう言ったのだった。「ワシ、こういう入れ方はスカン」。ご飯をふんわりとよそって欲しかったようなのだが、わたしはまだ子供でそういうこと

だできず、べったり平らによそったのである。別に叱られたわけではなく、ただ「スカン」と言われただけだったのだけれど、わたしは大人になった今でも、父のご飯はよそいたくないと思う。三つ子の魂百までみたいなものである。

そういうわけで、父は自分の「スカン」を、常に家族に発表しつづけてきたのである。

半面、自分の「好き」に関してもアピールが強い男であった。ファストフードを食べない父にも、唯一、例外があり、ケンタッキーフライドチキンだけは大好物。だから、うちは、よくケンタッキーを食べていた。

せっかちな父は、メニューを選ぶのも億劫《おっくう》なようで、毎回、一番大きいサイズを買ってきた。「うち何人家族⁉」という量である。わたしもケンタッキーは好きだけど、「食べろ、食べろ」と言われても、そう何個も食べられず、残ったチキンは翌日、わたしと妹のお弁当に入っていたっけ……。

父は、70歳を過ぎた今でも、「ケンタッキー食いたいなぁ」と言っては、いそいそと車で買いにでかけている。そして、好きだというわりに、骨のまわりにたくさんの肉を残しているのが、面倒くさがり屋の父の食べ方なのであった。

「コーヒーいれて」
とは言わず
「飲もか」と言うのは
オトーさんなりの
遠慮なのでしょうか？

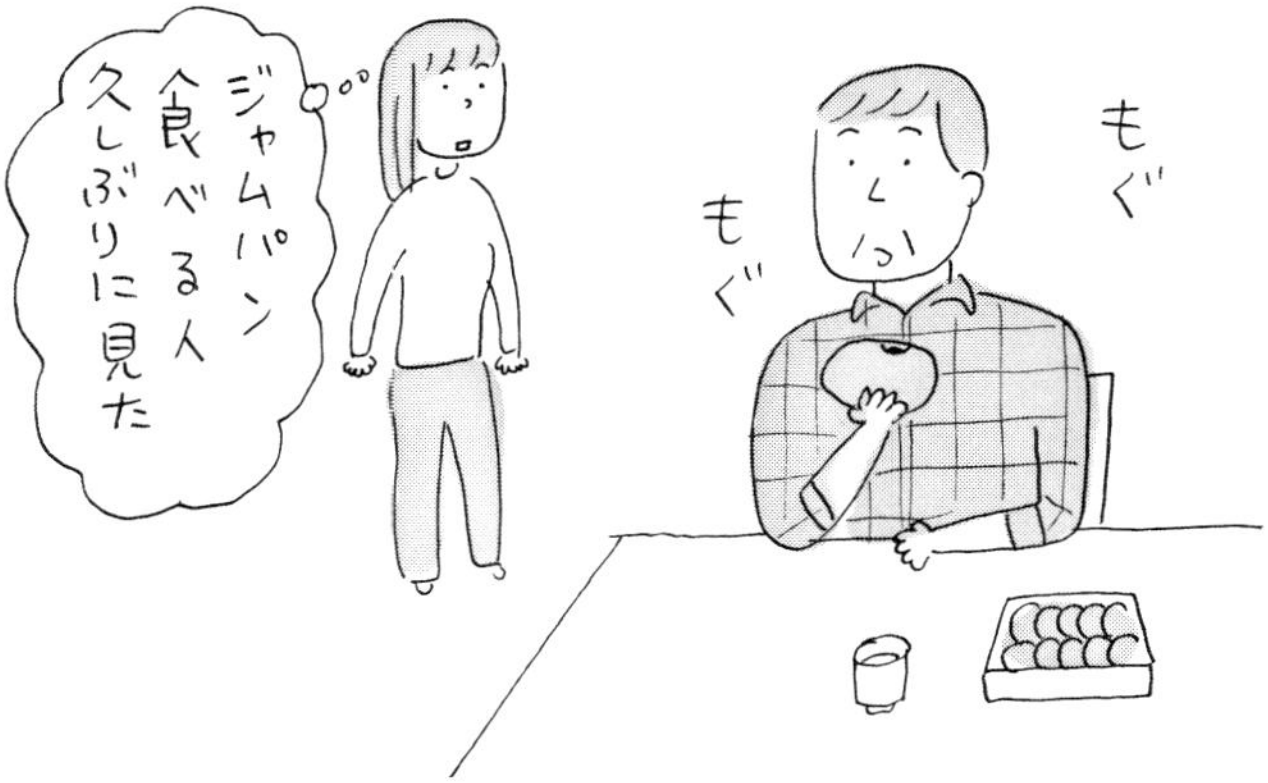
ジャムパン
食べる人
久しぶりに見た
もぐ
もぐ

甘党の
オトーさんは
ジャムパンの後に
まんじゅうとか
平気です

オトーさんとわたし

他人のつまらない
話にも
笑っていなければ、なら
ないことは多々あります
エへへ
オトーさんは
つまらない時は
つまらない顔をして
います

オトーさんとペット

金魚やメダカが
好きで飼っている
オトーさん
エサ
エサはあげますが
さほど掃除はしません
エサ
死んだ魚を
ゴミ箱にそのまま
捨てるのはやめて下さい
ビクッ
ゴミ

父の文字があらわすもの

実家を離れて暮らすようになってから、突然、父からお中元とお歳暮が届くようになった。お茶とか、煎餅とか、お肉とか、めんたいことか、イチゴとか。いつも家の近所のダイエーから送ってくれているようで、送り状には父の字でわたしの名前や住所などが書かれてある。

書く文字がその人の性格をあらわすというのが事実なら、父はとても繊細な人ということになる。どの文字もきちんと同じ大きさで、そして、とても小さい。派手なハネなどはなく、穏やかだ。特に父の書く数字は、数学者がノートの隅に残している計算式（見たことないけど）みたいに、凛とした静けさを感じる。

しかし、本物の父はジェットコースター級に起伏のある性格。穏やかとか、凛とした雰囲気はちっとも感じられない。カッときてから、それを表情に出すまでの時間が驚くほど短いのである。

ついこの前もそうだった。

お正月に帰省していたときに、父が何かの資料にセロハンテープを貼ろうとしていたときのことである。ビビビーッとセロハンテープを伸ばしたところで、自分の指にテープがひっついてうまく切り離すことができなかった。失敗したらまた最初からやり直せばいいだけのことである。たいていの人はそうやって生きているわけである。

だけれども、うちのオトーさんは、ビビビーッと伸ばしてテープが指にひっついた瞬間に、

「えいっ、クソッ！　ワシには合わん！」

眉を吊り上げ、ひとりカンカンに怒っていたのである。たかだかセロハンテープを貼るだけのことなのに!?　そして、そのまんま作業を完全に放置していた。若い頃の父ならセロハンテープを壁に投げつけていたはずだ。父親だから付き合っていけるのだけれど、こういう彼氏とだけは付き合いたくないと心底思うわたしである。

文字は本当にその人をあらわすのだろうか？　もしそうなら、わたしは父のことがよくわからない。わからないけれど、送り状の父の字には、娘たちにお歳暮やお中元を送ってびっくりさせようという、楽しげな気持ちが見えるような気もするのだった。

うちの
オトーさん
短気なオトーさんが
キライなこと
開けにくいお菓子の
袋を開ける
イラ
イラ
イラ
包装紙を開ける
イラ
イラ
ビリッ
ビリ
並ぶ
イラ
イラ
自分が求めていない
返答
知らんよ
イラ
イラ
待つのもキライな
せいか
イラ
イラ
待ち合わせには
自分も早目に行きます
スタ
スタ
スタ

昔、わたしのモルモットの小屋を作ると言い出したオトーさん
作ったる！
はじめる時は、いつもキゲンがいいけれど
2階建てや
スムーズにいかないと
どんどん、けわしい顔になり
途中で小屋をカベに投げてました
クソッ
またや
時間がたつと反省するのか、また作りはじめたオトーさん
必死でオトーさんを盛り上げたわたしでした
オトーさん できてきたなあ

犬と妖怪人間

仕事から帰ってきたとき、子供たちがテレビを見ていたら父の機嫌が悪くなった。子供番組がうるさくて嫌だとか、自分の見たい番組が見られないとか、家族のために働いて帰ってきたのに、呑気にアニメを見ているという雰囲気が気に入らないとか。不機嫌の理由はそういうところだったのではないかと思う。

だから、わたしも妹も、団地の階段をあがってくる父の足音が聞こえると、急いでテレビを消すようにしていた。そういう対策をとることを知らなかったとき、ひどい目にあったことがあったからだ。父が帰宅したときにアニメを見ていたら、いきなり父にシバかれたのである。父は、わたしや妹をよく怒鳴ってひっぱたいたものだった。帰宅したときにアニメを見ていたというのもそうだけど、あとは、きょうだいゲンカをやめないときとか、一応彼なりにひっぱたく理由はあるのだが、愛情を込めてというより、単に腹が立ってやるという感じだった。中学生になったくらいからは叩かれることもなくなったけれど、声をあげられた記憶というのは、何十年たっても、思い出すとムカッとするものである。

というわけで、子供時代のわたしは自己防衛のためにテレビには気をつかっていたのだが、父が帰ってきたときに見ていても叱られなかったアニメもあった。

名作「フランダースの犬」である。

主人公ネロのけなげな物語は父のお気に入りで、夕方の再放送に間に合う時間に帰ってくると、家族４人で、そろってアニメを見ながらの夕食。「ええ話や～」などと、そういうときの父は機嫌も良く、優しかった。主人公ネロの人柄のおかげである。

ただ、わたしも妹も、同じ時間帯で再放送していた「妖怪人間べム」のほうが、本当は見たかったのだった。

登場する３人の妖怪たちの顔がおっかなくて、カーテンの陰に隠れつつ、こわごわと見なければならないのが、一種の肝試しのようで楽しかったのだ。でも、オトーさんが「フランダースの犬」なんだから仕方がない。現実問題、オトーさんの怒鳴り声はどんな妖怪よりも恐ろしいものだったのである。

「野生の王国」を
見ながらの
夕食

オトーさんの
好きな番組
だった

ライオンが
獲物をとる
シーンとか
ご飯のとき
すごくイヤだったけど
仕方なく見ていた

「じゃりン子チエ」の
テツが好きで
テレビでよく見ていた
オトーさん

嫌いな芸能人

好きな芸能人、嫌いな芸能人というのは、多少なりともみなあるとは思うが、うちの父の場合は「嫌い」に対して、ものすごーく大袈裟《おおげさ》なのでうっとうしい。

嫌いなタレントがテレビ番組に登場した瞬間に、バチッとチャンネルを替える、などというのはよくあること。たった数秒のコマーシャルであっても「おいしくなって新登場！」と嫌いなタレントが笑いかけようものなら、ムスッとしている。そばにいる家族はたまったものじゃないのだった。

嫌ならテレビから目をそらせばいいのに。

と思うのだが、

「ワシが嫌いなことを、家族全員に知らせたいんや～」

という、なんだかよくわからない自己主張に付き合わされ、本当にイヤ～な気分になるのである。そして、もし、ここで反論でもしようものなら、父の怒りが爆発することぐらいはわかっているので、他の家族は反論もしなければ、賛同もしない。ただ無言でその場をやり過ごすのである。

とはいうものの、テレビを見ていていちいち「あいつが嫌い、こいつはスカン」などと聞かされるのは不愉快なもので、特に紅白歌合戦などは1年のしめくくり。こたつに入り、母とのんびりおしゃべりをしながら見るのは、わたしの帰省中の楽しみのひとつである。父は就寝時間が早いので、たいていもう寝ているのだけれど、それでも、早い時間帯は、なんとはなしに一緒に見ていたりして、そういうときはハラハラする。あの人（父が嫌いな人）が登場してこなきゃいいけど……。そして、運悪く登場したりすると、わたしも母も、突然、

「オトーさん、羊羹《ようかん》あったけど食べる？」

とか、

「ほら、この前のあの話どうなったん？」

などと、なんの脈絡もなく話しかけ、父の気をテレビからそらすのだった。

なんとも面倒くさい父とのテレビ鑑賞なのである。

うちのオトーさん
テレビを見ながら文句を言うオトーさん
くだらん番組やな～
ワシ、
コイツすかん
顔、見とるだけで
気分わるいわ
子供の頃のわたしは心に誓っていたのです
自分の自由に好きなだけテレビが見たい
楽しく!!
楽しく「ザ・ベストテン」を見られなかったせいか
大人になった今も歌番組が好きです

うちのオトーさん
テレビを見ながら文句を言うオトーさん
くだらん番組やな〜
ワシ、
コイツすかん
顔、見とるだけで
気分わるいわ
ワシ
すかん
母はたいていガマンしていますが
時々、言い返してます
嫌いでも黙っといて
こっちが気分わるいわ
ズズー

さよならしたくない

父が大きな包みを抱えて帰ってきたことがある。ガラスケースに入った日本人形だった。まだほんの子供だったわたしは、ぬいぐるみのお土産のほうがよっぽど嬉しかったのだけれど、キレやすい父の性格を考慮して、大喜びしてみせたのだった。

父は、あの日、とても嬉しそうだった。わたしたち姉妹が結婚するときには、どちらかに人形を持っていって欲しい、というようなことも言っていたように思う。「嫁《とつ》ぐ娘の父」という自分の未来に、若き日の父はうっとりしていたのかもしれない。

しかし、結婚した妹は人形を置いていき、姉のわたしは結婚していない。人形は今も実家のタンスの上だ。最後は誰が引き受けるんだろう？

最後といえば、ずいぶん長い間、実家の片隅に置いてあったあのオルガンは、結局、最後はどうなったのか。捨てたのだろうか、それとも誰かにあげたのだろうか？

小学2年生の頃、わたしはピアノを習いたいとせがみ、近所のピアノ教室に通うようになった。そのときにオルガンを買ってもらったのだが、ピアノ教室に馴染めず、2ヵ月足らずでやめてしまった。

それでも、真新しいオルガンが家にあるのが嬉しくて、よく弾いていたものだった。幼稚園のときに歌った「さよなら」という曲が大好きだったので、自己流で一生懸命練習し、弾き語りができるようにもなった。その歌詞は今でも覚えている。

（さよなら、さよなら、これで今日はお別れしましょう、さよなら、さよなら）。

仕事から帰ってきた父に、オルガンのメロディにのせてこの曲を聴かせたところ、途中で叱られた。

「お父さんは、お前とさよならしたくないからやめてくれ」

父はそう言って隣の部屋に行ってしまったのだ。

わたしがお嫁にいくのが淋しいんだな、とは思わなかった。わたしは8歳の子供だったけれど、父がそういう意味で言ったんじゃないことがわかった。わたしの命のことを言ったのだと理解できたのは、不器用ではあったけれど、父の「愛情」をわかっていたからなのだと思う。

うちのオトーさん
オトーさんが買ってきてくれた日本人形
子供の頃、髪がのびる人形の怖い話を聞き
のびるんやって
ビクッ
えっ
家に帰って見てみると
どうしよう
のびてたら
心なしか、のびているようにも見え
母に相談しました
お母さん
人形、怖いから捨てて
母は言いました
そらアカンやろ

オトーさん買うてきたやつやし
時に、母は父の味方でもあるのだ
も〜〜
ということに、子供は気づくのです
もうムリや
お母さんがアカン言うたし
そして数十年の月日が流れ
大人のわたし
実家に帰った時にあの日本人形を見たら
髪がメチャ膨張してました
ぼわ〜ん
すごーい
今は、オトーさんの部屋に飾ってあります

よそいきの顔

恥ずかしかった。

父と出かけることが、子供の頃は恥ずかしくて嫌だった。道を歩いているときも平気でオナラをするし、お店でご飯を食べているときも、

「これ、あんまりウマないな～」

などと、発言してしまう。声が大きいというのも困ったもんである。買い物に行けば、店員さんの態度が悪いと言っては腹を立て、怒って出て行くことも数知れず……。

どうしてよそいきの顔ができないんだろう?

わたしは不思議でならなかった。クラスの友達にこんなオトーさんを見られたら、恥ずかしくて、もう学校に行けないと思っていたほどだ。だから、外出するときはいつも父から離れて歩き、まるで家族ではないかのようにしていたものである。

父も、ずいぶん大人しくなったけれど、基本的にはなんやかんやと好き放題である。

変わったのは、むしろ、わたしたち家族。

あーあーあー、また始まったよ。

そう思って、あまり反応せず、母と目配せし合うことで心を落ち着かせる術《すべ》を身につけた。

そういうのもひっくるめてオトーさんなのだからしょーがないのだ。

そして、わたしもまた、オトーさんが出先で癇癪《かんしゃく》を起こすのを他人に見られても、恥ずかしくなくなってきているのだった。図太くなったのである。

こんな「素直」な表現力をもっている我が父は、反対に、楽しそうなときは、ものすごく楽しそうでわかりやすい。大笑いしている父を見ていると、そこはかとなく明るい気持ちになれる。何を考えているのかわからない、という人よりマシなのかもなぁ、とも思うのだった。

発表しなくても
いいことを
発表してしまう
オトーさん

わたしのアルバムを見た
友達が、オトーさんのことを
「カッコイイ!」
と、言って驚いた
そういう目線で
見たことなかったから

スーパーにて

実家に帰ると、ときどき父と母と３人で近所のスーパーに買い物に行く。買い物というより、散歩がてら、ぶらっとのぞきに行くという感じである。

父はスーパーが好きなのだと思う。入り口でカゴをカートに載せて歩き始めると、たいてい父は、別行動で消えていく。ひとりで食材を見てまわるのが好きらしく、特に、自分が畑をやっているものだから、野菜の値段を確認するのが楽しいようである。

そして、野菜売り場で、わたしと母がふたりで夕飯のメニューの話なんかをしているところに、ひょいっと父が現れて、

「白菜、スーパーで買うと高いなぁ」

などと、自分の野菜の貢献度を、母にアピールしにくる。そして、セールで安くなっている野菜の前は、無言で素通りしていくのだった……。

野菜売り場で父と別れ、再び母とおしゃべりしながら店内をウロウロしていると、

どこからともなくひょいっと父が現れ、さつま揚げなんかをカゴに入れ、また姿を消す。そして、しばらくすると、大学いもとか、押し寿司など、自分が食べたいものを手に登場し、カゴに入れて去っていく。スーパーにいるときの父は、傍《はた》から見てもなんだか幸せそうだ。

そろそろ会計をしようとレジに向かう頃には、父の姿も見かけなくなる。

「あれ？　お父さんは？」

「コーヒー飲んでると思うよ」

と母。イートインコーナーに行ってみると、父はのんびり座ってコーヒーを飲んでいるのだった。

３人の平均年齢、約60歳。家族って面白いな。ふと思う里帰り中のスーパーでのひとときである。

うちのオトーさん
オトーさんが、スーパーでよく買っているもの
天ぷら
特に、紅しょうがの天ぷらが好き
わらびもちも好きみたい
うーん
でも、あんまり覚えてないもんだな〜
母と二人で買い物に行くと
あっ
オトーさんこれ好きやし
買っとこ
わたしの知らないオトーさんの好みに気づく
夫婦やな〜

牛乳の箱に
書いてある
数字って
なんの数字
なんや？
MILK
3.6
MILK
3.8

オトーさんは
たまに
おもしろい質問を
します

ポケットの小銭

父のズボンのポケットから、いつでもサッと小銭が出てくるのが好きだった。

一緒に出かけて、ちょっと缶ジュースでも飲みたいな、ちょっとソフトクリームでも買おうか、という場面になったとき、じゃらじゃらという音とともに、ポケットから小銭が手渡される。そのまごつかない感じがいいのだった。

「ちょっと欲しい」ものくらい、サッと買いたい。父の短気ゆえの行動なのだろうが、ここだけは短気も悪くないなぁと思う。

昔、近所の市場の入り口のところで、夏になると金魚すくいのお店が出た。子供たちでいつもにぎわっていて、ぎゅうぎゅうと場所を取り合いつつ、遊んでいたものだった。

たまに、父も、わたしと妹を連れて行ってくれたのだが、そんなときは、大船に乗ったつもりで好きなだけ金魚すくいができた。

「お父さん、やぶれた」

と言うと、父のズボンのポケットからすぐに小銭が出てくる。

こういうとき、父はケチくさく言わず、長い時間、わたしたちを遊ばせてくれていたものだった。そして、その楽しい気持ちを途切らせることなしに遊べたのは、ポケットの小銭のおかげでもあったのだと思う。

店番の人に、父がポケットからサッとお金を払ってくれるあの感じ。軽やかだった。いちいち財布を取り出してお金を払っているよその子のお父さんを見て、わたしは、なんとなく、そういうのはカッコ悪いとも思っていたのである。

大人になり、わたしにも何人かの彼氏ができたわけだけれど、小銭をケチケチするような人は、やっぱり面白くないなぁと思った。夜店の屋台なんかで、ササッと素早くお金を払ってくれるような人を、今でもいいなと感じる。それは、もしかすると、父親のことが一番カッコいいと思っていた子供時代の（つかのまの）残像なのかもしれない。

うちの
オトーさん
オトーさんと、よく
パチンコに行きました
わたしを連れて行くのが
うれしかったようです
わたしも、パチンコは
嫌いじゃないのでした
お金はオトーさん持ち
でした
ほら
でも、定年後はサイフは
別々になりました
そりゃそうか
一緒に行くと
隣同士で座ります
そして、オトーさんは

わたしの台ばかり見ているのです……
どうや？
あ〜 今の おしかったな〜
自分の台 見とけば？
フッ
競馬にも、二人で よく行きました
馬の見方を 教わりました
この馬 ええぞ
お前
どれする？
3—5
それええな
ワシも 買お

新刊を読む男

実家に帰る用事があったので、発売になったばかりのわたしのエッセイ集を1冊、手土産にした。

自分の本を親に読まれるのは気恥ずかしい。だから、本当は読んでもらわなくてもいいと思うのだけれど、新刊が出て知らん顔というのもどうかと、取りあえずは渡しているのだった。

そのとき持参したのは、わたしの旅行記だったのだが、と言ってもテーブルの上にちょこんと置いておいただけである。

しかし、それを見つけた父は、無言のまま読みはじめたのである。わたしが目の前にいるにもかかわらず……。

わたしは、どういう顔をして向かいの席に座っていたらいいでしょうか？

しかも、何ページ進んでも、我が父は、ちっとも笑わないではないか。

別に爆笑してもらおうと思って書いているわけではないのだが、作者の目の前で読むのであれば、ちょっとは空気も読んでくれたっていいのではあるまいか。

ようやく、少し父が笑ったときにはホッとしたのだが、どこで笑ったのかを確認することもできない。

そして、しばらくして、父が突然、

「そういえば、ワシは昔〜」

などと、自分の旅の話をはじめたのであった。

え？　結局、自分の話題⁉

思わずツッコミそうになってしまった。

それにしても、娘の本を読む父親というのはどんな気持ちなのだろう？「陰毛」などということばがでてくるエッセイも中にはあるわけで、そういうのを読んでどう思うのか。わからない。でも、面と向かって感想など聞きたくない。

おそらくこの本も、父は読むだろう。そりゃあ、そうである。自分のことが、娘の目線で書かれているのだ。勝手なことを書かれて気の毒ではあるが、それもわたしのオトーさんの役目なのだと思っているのである。

ゲームセンターでは
景品がもらえない
ゲームには
興味がないオトーさん
点数を競い合うだけでは
おもしろくないみたい

子供の頃、
オトーさんと
妹と3人でした ゲーム
遊んでいる時に
テレビを見ると 叱られた
「集中して 遊べ」って。

テーブルの上で
落ちないように
10円玉を一番遠くまで
指ではじいた者が勝ち
勝てば、1勝負ごとに
2人の10円玉がもらえる
子供だって、負ければ
本当にお金を取られたので
燃えました

蚊だけはアカン

「蚊や！」

真夜中に父の声が響きわたると、残りの家族は「またや～」とためいきをつく。夏の思い出といえば、父のこの大騒ぎは絶対に外せないのだった。

父は蚊に対して大袈裟なのである。

寝ているときに、耳もとでブーンという羽音が聞こえようものなら、おかまいなしに電気をつける。

そして、

「せっかく寝とったのに蚊や！　わし、蚊だけはアカンのや～」

などと、自分ひとりだけが被害者みたいに振る舞うのだった。まるで、蚊が出現したのは、主婦である母の全責任とでも言いたげ。はっきり言って、真夜中に狭い家の中で「蚊や！　蚊や！」と騒がれる家族のほうが、よっぽど被害者なのでは……。

父が蚊にうるさいのはわかっているので、寝る前には蚊取線香をたいてはいるのだが、それでも生き残っている蚊はいるもの。そんなの、仕方のないことである。なのにオトーさんは、いつも、なぜかてんやわんやなのだった。

母はすぐに起き上がり、タンスの上にあった殺虫剤を、なかばヤケクソ気味にシュードッシューッとふりまく。クーラーの風を通すため、ふすまを開け放っているので、2部屋しかない我が家は1部屋同然。ツンとした殺虫剤の臭《にお》いは、すぐに、子供部屋全体にまで広がっていった。かなり臭かった。

さすがに、これで生き残る蚊はおらんやろうな〜。

わたしはそんなことを思いつつ目を閉じる。

そして、その後は何ごともなかったように、家族全員が夢の中に落ちてゆく。これがうちの夏の風物詩……だったのである。

うちの
オトーさん
オトーさんについて語る女同士　その5
オトーさんって
娘に嫌われたくないって、必死なとこないですか？
あるある
もう少しわたしが若かった頃のことなんですけど
わたしの着てる服がハデで気に入らなかったみたいで
母に「アイツは夜の仕事なのか？」って聞いてたみたいで
それ、最近知ったんですけど
ふふふ
どの服のことを言ってたのか今となってはわからないんですよね〜
ハハハ

ひとりで心配されてたんですねえ
でも直接わたしには言えなくて
なんでもお母さん!!
うちもそうでしたよ〜
「もう少し早く帰るように言っとけ!」って母に……
わかる〜
「言っとけ!」もなにも
うちの家6畳と4畳半の2部屋しかないんだから
ふすまの向こうにいるっつーの
ハハハ
オトーさんって

父と凧あげ

大阪といえども、わたしの実家の周辺には、まだ田んぼも残っていて、冬になるとよくそこで凧《たこ》あげをしていたものだった。

子供時代、ゲイラカイトというアメリカの凧が一世を風靡《ふうび》したことがあったのだが、なにを隠そう、あの凧は、父が勤めていた鉄鋼会社が販売して、大ヒットしたものなのだ。

会社から安く買ったのか、もらったのかは知らないが、父が大量のゲイラカイトを持って帰ってきたことがある。そして、それを住宅の子供会に寄付したので、うちの団地の付近は、よその地区よりゲイラカイトがたくさん飛んでいたような気がする。

父とも何度か凧あげをした。

よそのオトーさんと違って、うちの父は子供の凧あげを見守ったり、手伝ったりするより、先頭に立って自分が遊んでいた。

どの子供よりも、父のゲイラカイトが一番よくあがり、

「おっちゃん、すごいなぁ」

などと、男の子たちは、そんな父を尊敬のまなざしで見ていた。

声が大きいので、遊んでいても父はよく目立った。にぎやかだから子供たちも寄ってくる。寄ってくるのは男の子たちだった。父は男の子にとても人気があったのだ。

おそらく「同類」と思われていたのではないか？

男の子たちがふざけて面白いことをすると、

「お前、アホか」

と笑っていた。つっこまれて、男の子たちも嬉しそうだった。

日が暮れて、子供たちが帰り支度を始めても、うちの父は気にせずゲイラカイトをあげつづけていた。

オトーさんって、なんか面白いなぁ。

わたしはそう思って見ていたのだった。

凧の糸を途中で
つぎ足して
長くしていた
オトーさん
一番高くあがって
嬉しそうだった

小さい頃
妹とケンカしていると
よく本気でシバかれた
思い出すと
ムカムカします

「のぞく」父

運動会や、学芸会や、卒業式。

わたしと妹のあらゆる学校行事に、父が来ることはなかった。仕事が忙しかったというのもあるし、そういう場が苦手だったということもあるのだろう。父に来られるほうが、わたしたちもかえって気を使うわけで、それはそれでまったく気にならない。

そんな父ではあるが、わたしや妹の通っていた高校や短大、就職した会社の場所には非常にくわしかった。

なぜなら、必ず見学をしに行っていたからだ。

娘たちが新しい環境に足を踏み入れるたびに、その場所を確かめずにはいられなかったオトーさん。

日曜日になると、母をドライブに誘い、高校や短大の校舎、会社の建物を車からチラっと見て、それで満足して帰ってくるのだ。

「今日、見てきたで～」

などと、報告されても、建物を見たからってなんなのだ？

と思ったものだった。

バイト先のお好み焼き屋さんにもやって来たが、別に店に入るわけでもなく、ただ、外から娘が働いている姿をこっそりのぞくだけ。わたしは働いているから気がつかないし、手を振り合うわけでもない。すべて、後になって、

「見てきたで～」

と報告を受けるのみ。

オトーさんって、なんか、ヘンだよなぁ～。

毎回、首をかしげていたものだが、あれが父なりの子供の「行事」の参加の仕方だったんだろうなとも思うのである。

うちのオトーさん
短気で、すぐ怒鳴るオトーさん
もちろん、いいところもあります
好きなところもあります
あるのですが、
わたし、
こーゆー人が恋人だったら
ニコッ
絶対に
イヤです

絶対にイヤですが
読書しない男の人が
恋人なのもイヤです
うん
父は読書好きで
いつも寝転んで
読んでます
どんなに騒がしくても
平気みたいです
男の人が本を読んで
いるシルエットは
悪くないなと
思います
でも
ニコッ
すぐ怒鳴る人
絶対イヤです

グラフ作り

父専用のカレンダーには、数字が書き込まれている。

それは、その日、収穫した野菜の数であったり、その日の万歩計の数だったり。確認はしていないが、他にも何かの数字が記されているのかもしれない。

万歩計の数字は、月末に合計し、毎月の歩数平均を折れ線グラフにしていることは知っている。父が自慢げに話しているからだ。せっかちな性格のくせに、こういうことには、ものすごくマメな男なのである。

それにしても、なんのためにやっているのだ？

思うに、単に記録するのが好きということと、あとは、人に発表するためだと思う。

父は発表したいのだった。しかし、オトーさんの歩数を教えてもらったところで、発表された人は、一体、どういう反応をすればいいのでしょう？

まだ父がパチンコを好んでしていた頃、1年間のパチンコの収支をノートにつけていたことがあった。

「勝っとるんか、負けとるんか、どっちやろ思て」

そう言って、コツコツ記録していたのである。基本は真面目な人なのだ。でも、やっていることはパチンコの記録……。

そして、年末に父から発表があった。

「今年はパチンコで100万円勝っとったで」

えっ、そうなの⁉　意外にパチンコって儲かるんだなぁ。

感心しかけたが、その後にオトーさんはこう言ったのだった。

「110万円負けたけどな」

って、結局、負けとるがな～。

思わず噴き出してしまったわたし。なぜか父も嬉しそうに笑っていたのだった。

屋台が並んでいるのを
見かけると
車を降りてでも
寄りたくなる
オトーさん

わたしの新刊エッセイを
持って帰ったとき
すぐに読みはじめた
オトーさん
別に
今じゃなくても……

父の隣、助手席

実家で過ごした後、東京に帰るわたしを最寄り駅まで送ってくれるのは父である。

ひとりでバスで帰ってもいいのだけれど、父はわたしのことを送りたいのだった。

わたしが父に車で送ってもらいたくない理由はふたつある。

ひとつは年齢的に、そろそろ運転そのものを引退して欲しいから。あとのひとつは、単に照れくさいのである。

父の隣、助手席に座る。駅までは車で10分程度。なにを話していいのかわからない、ということもないのだけれど、なにを話したいということもない。だから、なんとなくお金の話をしていたりする。

年金があるおかげで、夫婦ふたりなら、贅沢さえしなければ、なんとか暮らしていけるとか、そういう話を「ふんふん」と聞いている。

父は、たぶんわたしの現在の収入を、ものすごーく知りたいのではないかと思う。

父だけでなく、母には「アンタはいくらくらい貰ってるんや？」と、ズバリ聞かれたことがある。突然、東京に行くと言い出した娘が、今は原稿料やら印税で生活しているのである。いくら収入があるのか興味があって当たり前だろう。母はズバリ聞くけれど、父はそういうことを素直にわたしには聞けないのだった。どっちにしろ、親に答えたりしないけれど……。

お金の話や、あとは孫の話などを聞きつつ、ちょっと照れくさい車の中。駅に着くと、父は必ず言う。

「またな」

右手をひょいっと挙げて、いたずらっぽく笑って去って行く。父が昔からよくするしぐさである。

「またな」は、大人に対する言葉だった。父に「またな」って言われるくらい、自分が大人になっていることに、いつもちょっと淋しい気持ちになるのだ。

そして、「また会えるよね」そう思いつつ、父の車を見送るわたしなのだった。

オトーさんの散歩

定年後、毎朝2時間
散歩していた父は
ついに3時間
歩くようになった
しかし3時間は
歩きすぎだったらしく
母に叱られ
最近
疲れる
歩き
すぎ!!
また2時間に
戻したらしい

オトーさん合格

若き日の父が
合格しとったわ
一級建築士に合格した
あらよかったな〜
難しい試験らしいが家族は誰もそんなことを知らず
おかえりなさい
父も別に自慢もしなかった
腹へった〜
父の最終学歴は「中学」である

あとがき

この本のことを、父がどう思うかはわからない。

これは娘のわたしから見た父親であり、父が思っている自分とはもちろん違っていることだろう。

勝手にあれこれ書かれて気の毒ではあるが、そういう職業の娘を持った父として、あきらめてもらいたいと思う。でも、反対の立場だったら嫌だなぁ。わたしに、本を書くような子供がいなくて、本当に良かった……。


若かった頃の父が、立って木のポーズをして、

「ほら、お前ら、登ってこい」

と、よく言っていた。わたしと妹は、大きな父のからだを、ふたりでよじ登って遊んだものだった。

昔の父の写真を見ると、たいそう男前なのだった。父似の妹は、子供の頃から美人だと言われていた。わたしはその父の、丸い形の鼻だけをもらい、なぜか妹は、

すっきりとした母の鼻を上手く受け継いでいるのである。
でも、この丸い鼻は、わたしの顔立ちにしっくりしている。これでいいのだと思う。
わたしにとってオトーさんは、ただ、「オトーさん」という存在なのだった。

2009年4月　**益田ミリ**

この本は、光文社「小説宝石」で2004年5月号から2008年12月号まで連載された「『オトーさん』という男」を基にし、大幅に加筆、修正したものです。

益田（ますだ）ミリ

1969年大阪府生まれ。イラストレーター。
主な著書に『お母さんという女』（光文社）、『大阪人の胸のうち』『女湯のできごと』（以上、光文社知恵の森文庫）、『すーちゃん』『結婚しなくていいですか。――すーちゃんの明日』『上京十年』『47都道府県女ひとりで行ってみよう』（以上、幻冬舎）、『OLはえらい』『ふつうな私のゆるゆる作家生活』（以上、文藝春秋）、『ピンク・レディー世代の女のコたちへ』（いそっぷ社）、『最初の、ひとくち』（世界文化社）、『「妄想」はオンナの幸せ』（PHP文庫）、『わたし恋をしている。』（MF文庫）などがある。

オトーさんという男《おとこ》

2009年5月25日　初版1刷発行
2013年2月25日　3刷発行

著者　益田《ますだ》ミリ
発行者　丸山弘順
発行所　株式会社　光文社
〒112-8011　東京都文京区音羽1-16-6
電話　編集部　03(5395)8172　書籍販売部　03(5395)8113
業務部　03(5395)8125
メール　gakugei@kobunsha.com
落丁本・乱丁本は業務部へご連絡くだされば、お取替えいたします。
組版　豊国印刷
印刷所　豊国印刷
製本所　榎本製本

ISBN 978-4-334-97573-9 Printed in Japan